KB203830

아기참새
까또

이혜옥 창작동화집
아기참새 까또

초판 인쇄일 2020년 3월 20일
초판 발행일 2020년 3월 20일

지은이 이혜옥
그린이 김세태
펴낸이 장문정
펴낸곳 도서출판 그림책
디자인 토마토
출판등록 제2010-000001
주소 경기도 수원시 영통구 이의동 웰빙타운로 70
연락처 TEL(070)4105-8439
E-mail khbang21@naver.com

아기참새
까또

이혜옥. lee hey ok

국어국문학과
동화작가 시인 수필가
문학강사
교육부 원격영상진로멘토
고려대학교, 평교원,
자연생태환경전문가
동화 [갈똥이와 갈양이] [아기참새 까또]
시집 [어머니와 참외]
작시 : 벚꽃길 : 예술의 전당 / 어린날의 진도 : 영산아트홀
동인지 다수.

이메일:5buja0@naver.com

그림작가

김세태 (kim se tae)

만화가겸 애니메이터
일러스트레이터
캐릭터 디자이너
광고,홍보 만화가
애니메이션 전직교수

이메일 leonardo119@naver.com

동화작가의 말

이 땅에 모든 어린이들이 행복했으면 좋겠습니다.

바쁜 세상 빠르게 지나갈지라도,

아이들이 행복을 느낄 수 있는 한가롭고,

여유로운 시간이 많았으면 좋겠습니다.

책을 읽는 동안이라도 여유로움을 주고 싶습니다.

어른들이 바쁘다 보니, 어린이들까지 바빠졌습니다.

너무 바쁘면 어른이든,

어린이든 생각할 겨를이 없어집니다.

"재미있는 일들이 너무 많아도, 책을 읽지 않습니다.

심심해서 자연스럽게 책을 손에 들게 해야 합니다"

글을 쓰는 작가도 빈둥빈둥 한가로워야 글이 나옵니다.

이렇듯, 어린이들도 조용하고,

한가로운 여유시간 중에서, 자연스럽게 생각하게 됩니다.

행복은, 장난감이 많다고 행복한 것이 아니며,
놀이동산에 많이 데리고 간다 해서,
행복지수가 높아지는 것은 아닙니다.
흥미로운 재미난 기억은 많아지겠지요.
행복을 느낄 수 있는 여유가 필요할 때입니다.
너무나 많고 넘쳐서 오는 부작용도 많습니다.
'어른들이 바쁘더라도, 아이들 앞에서는 바쁜 척'
안 하는 배려가 필요합니다.
어린이들은, 우리나라에 주인공들이며,
소중한 인재들이니까요.

- 동화작가 이혜옥

이혜옥 창작시집 - 아기참새 까또

차례

아기참새
까또

아기참새 까또

아기 참새 까또가 엄마를 찾고 있어요.

'짹! 짹! 짹!' '삐익, 삐익'
"엄마 같이 가요, 좀 천천히 가세요. 저는 따라 갈 수가 없잖아요."
"할 수 있어! 이렇게 휘리릭 날아서 높은 곳으로 오너라."
"이렇게요!"
"그래 첫째처럼 날아봐."
"푸드득, 이렇게요."
"응, 둘째도 잘했어."
"모두 모두 이리로 날아 올라앉아, 땅은 위험하단다."
"네! 엄마."
"엄마, 잠시만 기다려 주세요.

으짜! 으짜! 저는 안돼요."
"아가야 좀 더 힘내보렴."
"엄마 아빠 따라 오너라, 짹, 짹, 짹, 휘리릭"
"엄마, 엄마 같이 가요, 어! 다 어디 갔지, 나만 남았네."
엄마, 아빠, 얘들아!
나 무서운데 다 어디로 간 거야!
'바들바들' '덜덜덜,'

"저기 뭐야! '야옹야옹' 소리가 나는데, 숨어서

나를 노리고 있나, 엄마 무서워요."

어서 도망가야 돼. 바스락 바스락,

'총, 총, 총'

'까악, 까악' 저 소리는 뭘까?

색이 까만 게, 나는 한 입 거리도 안 되겠는걸,

무서우니까 사람들이 있는 곳으로 가자.

'총, 총, 총' '폴짝, 폴짝' 어, 여기는 자동차가 붕

붕거리네,

사람이다.

안 무서울까!

너무 작아 먹을 것이 없으니까 잡아먹지는 않

을 거야.

"어! 어! 어! 잡혔다."

"에고, 너는 어디서 왔니? 엄마는 어디 있고?"
"우리 엄마는 형제들과 날아갔어요."
"너는 왜 안 가고 여기에 있는 거냐."
"나는 아직 날개가 덜 자라 형제들만큼 날지를 못해서, 못 따라갔어요.
'으앙~으앙'~'짹, 짹, 짹"
그렇구나, '울지 마, 울지 마' 우리 집으로 가서 엄마 찾는 방법을 찾아보자.
오래전에 너처럼 길 잃은 새를 구조한 적이 있었어. 우리 집 앞 도로에서 아기박새가 푸드덕 거리고 있었지.
그때 구조해서 하룻밤을 자고, 다음날 창이 없는 발코니에 두었더니, 엄마 새가 울음소리를 듣고 와서 데려갔거든.
걱정 마라 너도 엄마를 찾을 수 있을 거야.

"네 이름을 '까또' 라고 부를 거다."

너도 엄마가 데리러 올지도 몰라, 기다려보자.

까또! 이것 먹자 곡식으로 만든 미숫가루라고 해.

곡식으로 만들었으니까 너 입맛에 맞을 거야.

"콕, 콕, 콕, 그런대로 먹을만 하네요."

"그렇지 물도 먹고. 까또! 너 동물보호소는 어때?"

"거기가 어딘데요?"

"거기는 너처럼 길 잃은 동물들을 돌보아 주는 곳이야."

"싫어요, 저는 엄마한테 갈래요."

"그래 알았다."

우리랑 같이 엄마 찾아보자, 우리 집 막내처럼 밥 안 먹으면 안 된다.

까또, 이것 한입 먹어보자, 달걀노른자를 섞었어, 무럭무럭 자라라고 영양식이지, '오구, 오구' 그렇지 잘 받아먹네.
자자 한입 더, 한입만 더 먹자.
어서어서 자라서 엄마 아빠 찾으러 가야지.
"그만 먹을래요.
엄마가 준 것보다 맛이 없어요."
"그래라, 그럼 좀 있다가 먹는 거다."
그때 밖에서 새 소리가 났어요. 엄마 새인가?
후다닥 뛰어나가 보니, 에이 아니네.

까또, 오늘은 밀웜을 사다 줄게, 그건 맛있을 거야. 까또, 우선 수족관에서 살 수 있는 냉짱 먹자.
(냉짱 : 냉동 짱구벌레)

"에구구, 잘 먹네."

좋아하는 것이 따로 있었어요, 우린 그것도 모르고, 까또 때문에 공부 많이 한다.
또 한입 아!~ '아구구' 착해요.
보일러실에 있다가 조용한 안방 베란다로 오니까, 무서운 고양이 소리도 안 나고, 얼른 먹고 무럭무럭 자라 어른 참새가 되렴.
까또는 너무 작은 아기 새라, 수시로 밥을 주어야 하니까 주인도 몹시 피곤해요, 좀 쉬자.

"짹!~짹!~짹"
"어 까또, 일어났네, 밥 먹을까!"
"아~해, '아구 아구' 잘 먹네."
또 아! 콕콕 한번, 콕 두 번, 콕 세 번 에이 그것밖에 안 먹어.
"좀만 더 먹자"

"바스락 폴짝"
"그래 먹기 싫음
그만 먹자."

까또가 구조된 지 5일째인데 엄청 똘똘해졌어요.
비 안 오면 마당에 나가 야외 적응훈련을 하자.
"까또야! 아래층 형아 하고, 언니가 지렁이 선물 가지고 왔네."
"우와! 정말 귀여워요, 어디서 구조했어요?"
"마을버스 타러 가는 길 삼정아파트 있잖아, 거기 산과 도로가 가까운 곳에서 파닥거리고, 폴짝거리면서 '두리번, 두리번' 하고 있었어. 그래서 안고 산 쪽으로 가서, 엄마 참새나 아빠 참새가 찾고 있는지 아니면, 형제 참새와 몸 크기나 비슷한 새가 있는지, 네 번이나 데리고 가서 찾았으나 찾지 못했어."

생태전문가 박사님께 물어 보았더니, 다른 형제가 많으면 따라오지 못한 새가 있다는 것을 모르거나 잊어버린다는군.
"그래요!"
참, 그리고 어린 새는 하루만 안 먹으면 위험해진대. 또 박사님 말씀이 날기 하다 뒤쳐지거나, 혼자 떨어져 있는 어린 새는 쥐가 잡아먹고, 고양이가 잡아먹고, 까마귀나 큰 새가 잡아먹어, 그대로 두면 위험해진다 해서 집으로 데려온 거야.
"쥐까지 아기 새를 잡아 먹어요?"
"그렇단다."
"아기 참새 제가 키우면 안 돼요?"
"형아가!
"아! 아직은 혼자서 밥을 먹지 못하니까, 혼자서 먹을 수 있을 때, 그때 다시 생각해보자."
"동물보호소에 전화해 보셨어요?"
"응, 했는데, 대답이 믿음이 안 가서, 그냥 데리

고 있는 거란다. 박사님 말씀이 '천연기념물' 같은 새면 모를까, 참새는 너무 흔해서 관심이 덜할 수 있을 거라고 하셨어. 하지만 나는 생각이 달라. 주변에 흔한 참새나, 천연기념물 새나, 생명은 모두 소중하다고 생각한단다."

아래층 형아는 아기 새와 놀고 있고, 여동생은 강아지 푸들과 놀고 있어요.

아기 새와 놀고 있던 형아가 물었습니다.

"고양이는 어디 있어요?"

"고양이한테 가볼까! 이쪽으로 자연 발코니로 나가자."

"2층에서 우리집 처음으로 내려다봐요."

"그렇지 여기는 2층이고, 자네 집은 1층이니까."

"오빠는 어릴때 강아지에게 물린 적이 있어서, 큰 동물은 싫어하고, 작은 동물들을 좋아한대요."

"그렇구나, 그런데 고양이는 괜찮니?"

"네, 갈양이는 '갈똥이와 갈양이' 동화책에서도 읽어봤고, 인터파크에서 책을 본 적이 있어요."

"아! 그래 고마워요. 기억해 주어서."

"저 고양이 우리가 키우면 안 돼요?"

"형아는 동물을 좋아하는구나."

"네 우리 오빠는 동식물 학자가 되고 싶대요."

"아하! 그럼 동생은?"

"동생은 의사가 될 거래요."

"오호! "훌륭한 의사가 될 것 같은데요."

"내 동생은 고양이가
야옹거려서 짜증낼 때도
있었어요."
"아, 그래!"
"미안!

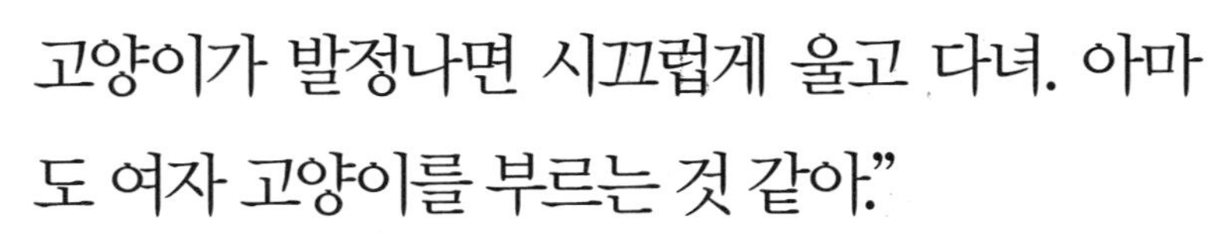

고양이가 발정나면 시끄럽게 울고 다녀. 아마
도 여자 고양이를 부르는 것 같아."
"새끼 낳으면 한 마리 주세요."
"그렇잖아도 노랑 고양이가 밥 먹으러 온단
다."
"우리 고양이는 개처럼 사람을 잘 따라서 개냥
이라 불러."
"하, 재밌다."
"이제 가려고?"
"네, 잘 봤습니다, 안녕히 계세요."

“그래 강아지 보고 싶으면 언제든지 벨 누르고 오너라.”

그때 밖에서 ‘째재잭! 째재잭!’~소리가 요란하게 들렸습니다.
“혹시, 아기새 엄마인가?”
빨리 새장 뚜껑을 열어서 창문에 올려 두었습니다.
“어라! 본체만체하네.”
박새 부부가 번갈아 가면서 전깃줄에 앉아 소리를 내서, 눈으로 따라갔더니 집 앞 군인아파트 보일러 환기구로 들어갔습니다.
“오라! 참으로 똑똑한 새로군, 누가 새대가리라고 했을까요?”
지금 군인아파트 전체가 빈집인데, 박새는 빈집

이라는 것을 어떻게 알았을까요?

빈집임을 알고 그곳에다가

알을 낳아 아기 새를 부화시켜

키우고 있었습니다.

먹이를 물고 들어가는 것을 보았어요.

아쉽다, 우리 까또 엄마인줄 알았는데. 까또, 우리도 열심히 날기 연습을 하자.

이리 오너라.

이렇게 방바닥에서 연습하다가, 좀 더 크면 밖에 마당에 나가서 하기로 하고,

"아구, 아구 잘 걷네."

날기도 하고, 꽁지 흔드는 것도, 푸드득 털 터는 것도, 꼭 새 짓을 하네.

'좋아, 좋아'

오늘은 물티슈 샤워를 해볼까.

꼬제제 한데,

날개를 '살 살 살,

등도 살 살 살'.

얼굴도 살살,

개운하지?

오호! 뽀송뽀송 해졌는데,

오늘은 여기까지 하고

새장으로 들어가자.

까또! 바이올린 소리 들려줄까, 아마도 태어나서
처음 들을걸.
까또는 아기니까 동요를 들려줄게.
“엄마가 섬 그늘에 굴 따러 가면.......”
까또가 엄마를 기다리는 마음과 비슷하네.
뭐, 못한다고, 헐, 마자 아직은 잘 못해.
근데 까또 벌써 배고픈 거니?
그래 밥 한입 먹고 연습하자.
어! 까또, 제법 응가를 크게 싸네,
것도 엉덩이를 밖을 향해서 싸고.
이상한데, 응가가 흩어지지 않고 착 달라붙어.
엄마 새가 물어다 버리기 좋게 말이지.
제법 똑똑한데, 앞으로는 새대가리라는 말을 안
써야겠어.

까또야, 새로 지은 밥이야 밥 먹자, 오잉 아직 안 먹을 거야.

그래 그럼 나중에 먹자.

밖에는 장맛비가 또 내리기 시작하는데, 네 형제들과 엄마가 안전해야 할텐데.

비오는 날 까또는 비 안 맞으니까 다행이다.

까또 구조한 날도 비가 왔었지, 나에게 발견되어 정말 다행이야.

발견되지 않았다면 그 다음을 상상도 못하겠어.

아기 참새가 짹 하고 불러서 가보면 밥을 받아먹었는데, 짹 하는 소리가 밥 달라는 소리일까요?

오늘은 처음으로 창가에 올려놓고 밖을 구경시켜 주었어요.

여러 종류의 새소리와 빗소리를 들려주었습니다.

처음에는 밖을 보고 신기해서 나가려 했는데 곧

잠잠해졌어요.

"까또 어떠니? 밖에 나가서 살겠니?"

아직은 구경만 해, 비 오고 바람 부니까,

그동안 열심히 먹고 자라렴.

많이 자라면 밖에 적응훈련 나가자.

'아구' 불쌍한 것, 자 무릎에 앉아볼까.

'폴짝' 무섭구나, 겨드랑이 밑으로 자꾸만 파고듭

니다

작고 앙증맞은 까또의 체온이 따듯하게 느껴져

옵니다.

오늘은 바깥 구경 많이 했으니 집에 들어가 쉬자.

그세 창틀에 뿌지직! 응가 쌌네.

"까또 식사 시간이야 밥 먹자."

엥! 또 안 먹어, 어제는 깜깜한 밤이라고 안 먹고.

오늘 아침에는 왜 안 먹는거야? 벌써 곡류는 싫

증 난거냐.

"그럼 채소를 줘볼까, 양상추는 어때?

이것도 맛없어.

그럼 뭐 먹을라고, 너도 우리 막내 닮아가니.

막내가 '맨날 맨날' 인스턴트만 먹는데.

까또, 너 그러면 성인병에 걸려."

아가새야 좀 있다 꼭 먹어야 돼.

오늘은 잠깐 외출을 해야 하거든.

세 시간쯤 걸릴 건데 안 먹으면 아마도 배고플걸,

그래도 안 먹을래.

짹짹, 이제 적응이 되었는지 울지도 않던데.

나는 말이야 할 일이 아주 많거든, 강아지 밥 주

기, 고양이 밥 주기, 그리고 까또 밥 주기까지.

까또야! 앞집에 사는 박새 엄마에게 한수 배워왔어.
아기가 빨리 자라기를 바라는 급한 마음에
자꾸만, 자꾸만, 밥을 주었거든, 그런데 너무 자주 주어서 네가 안 먹는 걸 몰랐어.
박새가 먹이를 가져다 먹이는 시간 간격이 20분 이상 걸리더구나.
그래서 아! 우리 까또에게도 그렇게 간격을 두고 먹여야겠다, 싶어서 한참 있다가, 까또 밥 먹자 하면 먹었었지. 몰라서 미안해.

오후 여섯시 까또 밥을 먹이고 밖을 보니 박새 소리가 요란합니다. 카메라를 고정시키고 나니 박새가 눈치를 챘는지, 곧바로 새끼에게 먹이를 가져다주지 않고, 이리저리 배회하고 있습니다.

그때 빗방울이 떨어집니다.

박새 부부는 마음이 급한데,

우리는 그것도 모르고

사진 찍는다고 미안하다.

사람이 너희들을 몰라서.

다행인지 모르지만 까또도 비 안 맞고, 박새 가족도 비 안 맞고 그래도 다행입니다.

까또, 제법 똘똘해졌는데, 너를 궁금해 하는 박사님도 계셔 힘내라. 아기 참새 참 똑똑해요.

어두워지지 않았는데 어떻게 밤인 줄 알고, 먹지도 않고, 떼쓰지도 않고, 조용히 자는데? 착해요.

“아가새야 밥 먹자.”

“싫어요, 나도 이제 다 컸어요.”

“그럼 도움 없이 혼자서 밥 먹어봐, 안 먹잖아.”

"이것 보세요, 이렇게 날수도 있죠, '포르르, 포르르,"

"정말 날 줄 아네."

날으는 것도 중요하고, 먹이 찾아 먹는 것도 아주 중요해.

먹이를 구하느냐, 못 구하느냐에 따라서 살 수도 있고, 살지 못 할 수도 있어.

"까또, 자연으로 가고 싶으니?"

"엄마 찾아가고 싶어요."

"일주일이나 지났는데 엄마가 기억할까."

박사님께 물어보니까.

밖에 자연으로 가려면,

참새 혼자서도

먹이 활동할 수 있어야 하고

위험을 피할 수 있어야 한대.

까또, 네가 말을 하면 가장 쉬운데 너는 새이고, 나는 사람이니 언어가 달라도 너무 달라서, 무슨 말인지 알아들을 수가 없네.

"까또 산책 가자, 저 옆에 계곡에 물 흐르는 곳 있잖아, 거기 가서 자연 적응 훈련하자."
손수건으로 싸서 안고 갑니다.
"다 왔다, 으쌰! 흙 밟아봐."
"폭신폭신 하지?"
여러 새 소리도 들어보고.
"까또, 어디 가?"
숨으려고 너 무섭구나.

집에서는 다 컸다고 우쭐대더니, 그래 조금 더 커서 오자. 까또 겁쟁이, 하긴 엄마를 잃었으니까 겁도 나겠지.

어! 참새 똥이 아직도 나무젓가락으로 집어지네.
응가에 끈끈한 점액질이 많아서 엄마 참새가 물어다 버리기 좋게 싸는가 봅니다.
참새를 만드신 분 참으로 훌륭합니다.
참새 엄마도 똑똑하고요.

"까또 심심하지, 친구를 만들어줄까 가만히 있어봐. 꼬꼬 농장에 닭 모이 먹으러 참새가 많이 들어온다는데 혹시 까또 유모를 구할 수 있을지 몰라, 전화해 볼게."
벨이 울립니다.

전화를 안 봤네.

카톡을 보내놨는데 나중에 다시 한 번 전화 해봐야겠다.

띠리링! 띠리링! 받았다.

"여보세요"

"어 받으시네요."

"오늘은 안 바빠서요."

"장선생님, 우리 참새 유모를 구해요."

"글쎄요. 참새는 많으니까 구해줄 수 있지만, 푸드덕 거리고 가만히 안 있을걸요, 그러면 서로가 스트레스일 겁니다."

"아!~ 그렇군요."

"차라리 혼자 키우는 것이 낫을 것 같습니다."

"감사합니다. 장선생님, 그렇게 할게요."

짹! 짹! 짹! 왜 까또 밥 줘, 오늘은 채소를 먹어볼까!
자! 콕 찍어, 왜 맛없어 그럼 잘게 부셔줄까?
것도 맛없어 알았다,
그냥 먹던 밥 먹자.
10일 사이에 좀 컸다고 의사 표현이 분명해졌습니다. 밀웜도 척척 먹었습니다.
아래층 소년에게 밀웜을 얻어 와서 키워 먹이로 줄 테니 '무럭무럭' 자라 야생으로 날아가자.

어느덧 까또가 우리집에 온지 여러 날이 되어, 아기 참새였던 까또가, 엄마 참새만큼 커서 날기도 잘하고, 튼튼해졌습니다.
까또를 데리고 숲에서 살 수 있는지 데리고 갔습니다.

숲속 정자에 내려놓으니, 총 총 총, 폴짝폴짝 몇 발자국 뛰더니 포르르 단숨에 날아서 나뭇가지에 앉아, 인사를 하는 듯 꽁지를 '쫑긋' 흔들더니 산속으로 날아갔습니다.

까또야! 튼튼하고 행복하게 잘 살아라.

보고 싶을 거야.

노랑이의 선물

생쥐 한 마리, 생쥐 두 마리...........생쥐 열세 마리. 오늘까지 노랑이가 가져온 열세 번째 선물입니다. (실제로 있었던 일입니다.)

"네로야 이거 먹어."
"내가 풀숲에서 어슬렁거리고 있는 녀석을 잡아왔어, 먹어봐."
"우웩! 이걸 먹는단 말이야."
"우리 고양이들한테는 최고의 선물인데!"
"고맙지만 난 안 먹을래."
"쥐고기 먹을 줄 몰라, 에이 나도 안 먹고 가져온 건데."
"미안, 미안, 가져오지 말고 노랑이 너 먹어."
"새도 맛있는데, 새 고기도 안 먹어?"

"난 사료만 먹어."

"그건 몸에 안 좋잖아."

"아기 때부터 먹어서 나는 사료가 더 맛있어."

"나 말인데, 네로 네가 좋아, 네 집에서 자게 해 주지. 밥도 같이 먹지, 고마워서 선물로 가져온 거야."

"노랑아 숨어! 주인집 강아지 온다."

"후다닥! 후다다닥! 아이 깜짝이야."

"주인집 개는 나만 보면 지져 대니까 무서워, 하지만 물지는 않아. 개 겁쟁이라서 지가 무서워서 지져대는 거야."

"아~하!"

"컹, 컹, 컹, 지져 대니까 시끄럽기도 하고, 그냥 무서운 척 해주는 거지."

"노랑아, 나도 너처럼 집 밖에 나가서 사냥하고 싶어."
"그럴까! 지금 당장 가자."
"그래 좋아."
"신난다!"

"자, 지금부터 나만 따라와, 담장 아래로 뛰어 내려, 1층으로 내려가야 해. 이쪽으로 뛰어 점프!~ 이 담장은 밖으로 내려가는 길이야."
"아래층으로 폴짝 뛰니까 방귀가 뿡! 나와."
"고뤠! 그럼 비행기 꽁지처럼 더 힘차게 갈 수 있어."
"헥, 헥, 헥!"
"것 봐, 운동을 안 해 살쪄서 힘들지."
"처음이라서 그런다 뭐."

"걱정 마, 네로, 너도 할 수 있어, 나만 따라와. 저기 주차장 차 밑으로 들어가자. 뛰어! 그런 다음 누구 오나, 안 오나 보다가 배드민턴장으로 가는 거야."

"여기 의자 밑에서 고양이 냄새가 나."
"응 거기, 검은 얼룩무늬 고양이가 밥 먹는 곳이야. 저기 고양이가 오는데 피해야 돼, 싸우면 다쳐. 우리 고양이들은 어릴 때는 같이 살다가, 크면 혼자 독립해서 살아. 그래서 더욱 나하고 놀아주는 네로 네가 고마워."
"노랑이 너는 어떡해 그리 잘 알아."
"밖에서 살다 보면 엄마 고양이, 아빠 고양이한테 배우게 돼."

"나는 어릴 때 길을 잃어 구조되었거든. 그래서 집 주인이 엄마나 마찬가지야. 주인은 그런 것 안 가르쳐 주시던데."

"주인은 사람이잖아."

"아, 그렇구나!"

"노랑아, 쥐 어떻게 잡아?"

"내가 한수 가르쳐 주지. 풀숲으로 살금살금 다가가서, 자 이렇게 납작 엎드려, 조용히 있다가 덥석 앞발로 누른 다음, 이빨로 앙! 하고 무는 거지."

"알았어, 쥐가 있는지 찾아보자."

"두리번두리번 저기 부스럭 소리 들려."

"응, 발자국 소리도 내서는 안 돼, '살금살금' '엉금엉금' '살금살금' '엉금엉금."

"고양이처럼 날렵하게, 착! 에이 놓쳤다, 쥐가 너무 빠르네."
"숲으로 가다가 다시 해보자. 우리 길고양이들에게는 사냥이 곧 삶이거든."

"여기는 등산로인데 사람들이 많이 다녀서 무섭기는 한데 해치지는 않아, 그래도 조심해야 돼. 어느 때는 사람들이 지나가다가 고양이를 보면 괜히 돌을 던져."
"왜?"
"장난삼아 돌을 던져본 거래."
"하지만 고양이 밥을 가져다주는 고마운 사람도 있어. 길고양이들에게 제일 무서운 천적은 사람과, 들 고양이 그리고, 오소리, 들개들이야."

"그렇구나!"

"고양이를 싫어하는 사람도 많아, 네로 넌 그런 적 없었어?"

"응, 나는 발코니에서만 살아서 밖은 첨이야."

"네로야 저기 생쥐다! 엎드려 안 보이게 잠복하고 있다가 덥석 잡는 거야. 네가 해봐."

"얍!~얍!~얍! 또 실패다."

"괜찮아 쥐들도 살아야지."

"노랑아, 우리 어디까지 가?"

"저기 사람들이 앉아 쉬는 정자 있는 데까지."

"네로야 저기 봐, 여자 고양이야."

"야옹, 안녕!"

"너, 나 아니?"

"모르지만 예쁘게 생긴 건 알겠어."

"예쁜 건 알아가지고."

"여기 내 친구가 사람 집 발코니에서만 살다가, 처음으로 놀러 나왔거든. 그래서 친구가 필요해, 우리 친구할래?"

"그럴까! 내 친구들도 소개해 줄게, 놀이터에 가면 만날 수 있어."

네로 주인은 겨울나기 위해 따뜻한 고양이 집을 짓고 있었습니다.

"자 지금부터 집을 한번 지어볼까."

우리 네로와, 노랑이 먹을 물이 얼지 않게 말이야. 보일러실과 통로를 연결해서 장롱 속으로 들어가게 만드는 거야, 그런 다음 이제껏 밖에서 자던 똥통 집을 넣어주면 다 되는 거지. 힘들게 만든 집에 네로와, 노랑이가 들어가야 할 텐데.

"거기다가 밥을 주면 들어올 거예요."

"그럴까!

이쪽으로 와서 나무 좀 잡아보세요, 톱으로 잘라야 하니까."

"여기 발로 누르면 되죠."

"쓱싹쓱싹, 톱질하세, 톱질하세, 쓱싹쓱싹."

"재미있어요?"

"그럼 재밌지, 우리 고양이 춥지 않게 집을 만드는 중이잖아요. 노랑이도 들어오면 좋고. 암튼, 우리는 집을 지어줬으니 자기들이 알아서 하겠지. 작년에 만들어 놓은 개구멍이 꽤 쓸모가 있네."
"이제 영하로 떨어져서 눈이 와도, 네로와 노랑이 춥지 않겠네요."
"그럼, 그럼!"

네로와 노랑이가 바깥 놀이를 마치고 집으로 돌아왔습니다.
"어! 우리 집 어디 갔지? 큰집밖에 없어. 가만있어 봐, '킁, 킁, 킁' 이쪽이야. 개구멍 쪽에서 우리가 자던 똥통집 냄새가 나. 들어가 보자"
'살금살금' '엉금엉금' '살금살금' '엉금엄금'

"노랑아! 우리 집 여기 있어, 따뜻하다 그치?"
"야옹, 응 따뜻해."
"네로야! 주인집 강아지가 오면 어떡해?"
"우리가 겁을 줘서 쫓아버리면 돼."
"배고프다 밥 먹자, 네로야 저쪽으로 조금만 가봐 좁아서 밥을 먹을 수가 없어 같이 좀 먹자. 사각, 사각, 사각, 사각, 운동하고 와서 먹으니까 더 맛있다. 새로 지은 집이 따뜻하고 포근해, 배부르니까 졸려."
"아이 좋아!
"네로야, 오늘 바깥놀이 재미있었어?"
"응, 재밌는데 무서워 죽는 줄 알았어. 여기저기서 사람 소리 나지, 자동차 지나는 소리, 공사하는 소리, 무서운 것들이 엄청 많던데."
"그럼 다음번에는 친구들 불러서 산으로 사냥

가자.”

“그것 재밌겠다.”

“오늘은 산으로 사냥 가는 날이야, 노랑아, 우리 도시락 싸가지고 갈까?”

“안 싸가도 돼, 사냥해서 먹을 거야.”

“아하! 그렇구나, 재밌겠다. 가자 출발!”

배드민턴장을 지나서 죽 올라가다 보면 산위 마당바위가 나와 주인이 미장원에서 들은 이야기인데,

“마당바위 밑쯤에 엄마 강아지가 아기를 낳아서 엄청 귀여운 강아지들을 데리고 있더래, 그런데 며칠 뒤에 또 가보니까, 강아지가 보이지 않더래,

늘 간식을 주던 사람이 지나면 아가들 하고 나

왔었는데, 이번에는 웬일인지, 오랜 시간 동안 기다렸다가 겨우 발견했대, 그런데 아기 강아지가 두 마리밖에 없었대. 사람들이 아기 강아지가 예뻐서 가져간 것 같대. 엄마 개는 아기를 또 빼앗길까봐, 장소를 옮겨서 이사를 했던거야."

"진짜 있는지 궁금한데 우리 가보자."
"노랑아, 눈이 하얗게 쌓였는데 어떡해 가지?"
"눈 산을 모험하는 거지."
'뽀스락 뽀스락' '사각사각'
"노랑아 발시러운데."
"네로야, 좀 참아 봐."
"털도 젖고 추운데, 그래도 갈 거니?"
"그럼, 한번 맘먹었으면 남자답게 눈길이라도

헤치고 가야지."

"나 추워서 떨리고, 무서워서 떨리고 완전 후덜덜이야."

"그래도 산에 가면 재미있을걸."

"저기 관악산 입구 쪽에 가서 풀숲에 '살금살금' 들어가 보면 새들이 숨어있을지 몰라."
"새 잡게! 에이 새는 너무 예쁘잖아! 쥐라면 모를까."
"알았어! 네 말대로 쥐 사냥하자."
"노랑아! 저기서 바스락 소리가 나는데,"
"어디 어디 조용히 해봐."
"네로 네가 잡아봐, 조용히 지켜보다가 덥석, 덮치는 거야, 착!
잡았어?"
"놓친 것 같아."
"뭐였는데?"
"나도 몰라 바스락 소리가 나서 덥석 해봤는데."
"괜찮아!"

"저 위로 올라가 보자."
"눈이 많이 쌓여 발이 푹푹 빠져서 더 이상 못 가겠어"
"그래도 한 마리는 잡아야지."
"나는 생고기는 안 먹는데 왜 잡니?"
"그건 그렇네."
"알았어, 눈 때문에 발도 시리고 집에 돌아가자. 아기 강아지는 눈 녹으면 그때 보러 가고."

밖에 나갔던 노랑이가 왔습니다.

"네로야! 이것 봐! 밖에 놀러 갔다가 참새 잡아 왔어, 같이 먹자."

"어떻게 먹어?"

"나 봐봐! 털을 뜯는 거야, 이렇게 그런 다음 살만 발라 먹는 거지."

"맛있니?"

"응, 너도 한입 먹어봐."

"아니 아니, 난 이따가 밥 먹을래."

"나 혼자 먹는다, 후회하지 마."

"이엥!!, 이앙!!, 이야옹!! 이엥이엥!!!!!, 야옹!!!!"

자연발코니에서 날카로운 소리가 났어요.

분명 무슨 일이 크게 벌어졌나 봐요.

주인은 빨리 발코니로 달려갔습니다.

"네로야! 네로야! 왜 그래?"
"이~야옹! 이~야옹! 이엥! 이엥!"
꼭 다른 고양이 울부짖는 소리 같았습니다.
사납고 앙칼진 소리는 개냥이처럼 애교 부리던
우리 네로였습니다.
오히려 길 양이 검둥이는 '쫄아' 구석에 웅크리고
꼼짝 못 하고, 도망갈 구멍만 찾고 있었습니다.

"네로야. 너 우리 고양이 맞아! 아이고! 무서워
라."
눈에서 레이저가 나오네, 화나니까, 야생 고양이
본능이 살아있네. 눈동자가 까맣고, 무서워서 벌
벌 떨면서도, 격렬하게 싸우는 것은, 노랑이를 보
호하려는 것이었습니다.
노랑이는 보일러실 집에서 나오지도 못하고 있

고, 네로는 전투 자세를 하고, 온몸으로 검둥이와 맞서고 있었습니다. 무섭기도 하고, 약육강식 자연에서 강자만이 살아남는 무서운 광경이었습니다.

순하기만 하던 우리집 고양이에게, 그런 호랑이 기운이 숨어 있다니 검둥이가 간 다음에도 맹렬히 싸울 전투 자세를 갖추고, 주인이 불러도 오히려 덤비려 하더니, 몇 분 있다가 가봤더니 이제야 주인에게 애교 부리던 우리 네로로 돌아와서 '부비, 부비'를 했습니다.

"네로 네가 이겼어. 검둥이, 외부 침입자를 네가 쫓아낸 거야. 네로 참 잘했어요."

'쓰담, 쓰담'

칭찬을 많이 해주었습니다.

봄을 재촉하는 비가 부슬부슬 내리기 시작했습

니다.

"네로야 비 온다. 집에 들어가자."

그러던 어느 날 노랑이가 아픈 채로 돌아왔습니다.

"노랑아! 왜 그래, 어디 아파?"

"응. 배가 아파, 아기 낳을 것 같아."

"어떡하지 집으로 들어가자."

노랑이는, 네로 집에 들어가자마자 아기 고양이 세 마리를 낳았습니다.

"네로야! 우리 아가들 예쁘지."

"응, 엄청 예뻐."

"노랑이 너 아프니까, 내가 아가들 돌볼 테니, 넌 좀 쉬어. 이름 뭘로 부르면 좋을까! 내가 예쁜 이름 지어볼게.

울 아가들 이렇게 부르면 어떨까? 한 아기는 까만색과 흰색이 섞여 있으니까, 이름은 까망이를 줄여서 망이, 또 한 마리는 전부다 노란색

이니까 노랑이, 랑이 다른 한 마리는 노랑빛에,
약간의 갈색이니까 밤이."
"아주 예쁜 이름이야, 나는 졸려서 잠 좀 잘게,
아함!"

그때 주인 아주머니가 나오셨습니다.
"네로야! 밥 먹었니? 똥꼬 아픈 것 좀 보자, 얼
마나 나았는지."
"야옹 야옹 싫어요."
"가만있어 보래도, 아직도 아프네, 소독 좀 더
하고 약 발라야겠어. 어제 비가 왔는데 집에 비
들치지 않았나, 한번 볼까! 왜 그래 네로야."
"야옹야옹! 들어가지 마세요."
"어! 네로가 이상하네, 왜 자꾸만 밀어내지."
그래도 빗물이 들어왔는지 봐야 해, 어디 보자.

노랑이잖아! 그런데 네로 집에서 뭐하고 있는 거니?

너희들 사귀니?

그새 결혼해서 아기까지 낳았어, 어이구 대책 없는 놈 같으니라고. 하지만 어쩌겠어, 우리 집고양이 아기인데, 쫓지 않을 테니 아기 잘 키워라.

"밥도 잘 먹고, 아가들 쭈쭈도 잘 주어야 돼, 노랑이 알았지. '아구구' 예쁘네, 아기 고양이들."

"것봐 주인이 아기들 예뻐할 것이라 했지."

"노랑아! 주인이 쫓아내지 않아 다행이야. 이
제 우리는 무사해,
'오구, 오구' 우리 아가들, 코 잘 자네. 노랑이도
아기들과 같이 자, 주인한테 쫓겨날까 봐 조마
조마 했잖아.
나는 밖에서 검둥이 오는지 망볼게."

"노랑아, 잘 잤니?"

"야옹!"

그래 이제 우리 집 식구가 되었으니 같이 살자, 여기 밥 먹어라. 목마르면 물도 먹고, 어디 아가들 얼마나 컸나!

아고고! 그동안 많이 컸네.

망이, 랑이, 밤이 아주 잘 자라고 있어.

잠시 후에 주인집 막내가 왔습니다.

"엄마! 노랑이가 새끼를 낳았어요?"

"응, 아주 귀여워, 네가 아기 고양이들도 이름 지어줄래?"

"네가 우리 집 고양이, 강아지 이름 다 지어줬잖아."

"고양이 엄마 아빠더러 지으라고 하세요."

"그럴까!"

아기 고양이들이 태어난 지 며칠이 지났습니다.

"엄마! 아기 고양이들이 제법 잘 걸어요."

"아! 그래 빨리 가보자."

우와! 정말이네, '뒤뚱뒤뚱' 아기 고양이 걷는 모습이 참 귀엽다. 노랑아 고맙다, 이렇게 기쁨을 선물해 주다니. 야옹! 알았어, 네로도 아가들 걱정하는구나, 걱정 마라 해치지 않을게.

"아가들아! 밖은 위험하니까 집에서 엄마 쭈쭈 먹고 놀자."

"야옹, 야옹, 야옹!"

"그래그래 착하지."

"노랑이 당신 왜 그리 시무룩하게 있어요?"

"아까 살짝 들으니까, 주인 아들이 인터넷에 아기 고양이 분양 한다는 말이 들리더라고요."

"뭐라고! 무슨 말이에요? 태어난 지 얼마나 되었다고, 그리고 우리 아가들 절대로 안 보내."

"그럼 어떡하게요?"

"우리 아기들 데리고 집 나갈 거야."

"안돼요! 내가 길고양이로 살아봐서 알아요. 우리 아기들을 나처럼 살게 할 수는 없어요."

"그렇다고 우리 아가들을 다른 집으로 보낸다는 말이에요?"

"그건 말도 안 돼요."

"좀 더 생각해 봅시다."

"아무리 생각해봐도 아기들을 데리고 다른 곳으로 이사하는 방법밖에 생각이 안 나."

"혹시 생각해둔 곳이라도 있어요?"

"저 위 산 쪽으로 조금만 가면, 수돗물 저장하는 곳이 있어, 그 밑에 살 곳이 있어요. 또 한 곳은 놀이터 근처 정자 밑이에요."

"놀이터라면 사람이 많이 오잖아요."

"하지만 우리가 소리 없이 지내면 아무도 모를 수도 있어요."

"우리는 조용히 지낸다지만 아기들은 아무것도 모르고 야옹거릴 거예요."

"그럼 수돗물 저장소 밑으로 이사합시다."

"알았어요, 오늘 저녁에 당장 가요."
"날이 어두워지기를 기다렸다가 이사합시다."
주인집 고양이 네로와, 노랑이는 해가 져서 어두워지기를 기다렸다가 미리 보아둔 장소로 아가들을 빨리 옮기기로 했습니다.

"망이 엄마, 어서 아기 한 마리씩 물고 갑시다. 어서 서둘러요."
네로와 노랑이는 아기 고양이를 한 마리씩 물고 이사를 시작했어요.
살금, 살금, 사사삭! 사사삭!~빨리빨리.
"당신은 아가들 하고 여기 숨어있어, 내가 가서 한 마리 마저 데리고 올 테니까."
"네! 조심하세요."

네로는 빠른 걸음으로 이층에 폴짝 올라와서 야옹거리며 엄마 찾는 한 마리마저 데리고 노랑이에게로 갔습니다.

"누구 본 사람 없지요?"

"없었어! 여기는 안전할 거야, 비도 안 맞고 안전해. 우리 아가들만 잘 키울 수 있다면 난 괜찮아."

다음날 아침, 주인이 강아지 쉬뉘러 가서 '네로야! 노랑아!' 불러도 아무도 나오지 않았어요. 주인은 고양이 집 안을 들여다 보았답니다. 그러나 네로와, 노랑이와, 세 마리의 아기 고양이는 어디에도 없었습니다.

Hope

강아지 유치원

오늘도 강아지 유치원 차가 왔습니다.

강아지 집사님들이 멍멍이를 데리고 유치원 차를 기다리는데 '퍼피'는 아침마다 '동태포' 도시락을 싸주지 않으면 유치원을 안 갑니다.

"퍼피야! 어서 유치원 가자."

여기 알림장도 가방에 넣었고, 동태포 도시락도 가방에 다 챙겼다. 자 냄새 맡어봐 여기 있지!

"킁 킁 킁! 네 집사님."

"그럼 가자 차 기다리겠다."

"안녕하세요."

"어! 퍼피 왔구나, 오늘도 도시락 싸느라 늦었니?"

"그렇답니다."

"동태포를 싸주지 않으면 도무지 유치원을 안

가려고 하니 어쩌겠어요."
"어서 타자."
"퍼피, 잘 다녀와 선생님 말씀 잘 듣고 말썽부리면 안 된다. 이따가 이리로 데리러 올게."

아이고! 편해라, 강아지가 없으니 뭘 해도 좋네.
얼른 집안 청소를 하고 책 읽어야지.
아! 음악을 틀어 놓으면 더 좋겠지!
'백조의 호수'를 들을까!
아니면 '비발디의 사계'를 들을까!
따뜻한 차를 한잔 타 와서, 느긋하게 여유를 만끽하는 거지.
루루~랄라~~

어! 벌써 유치원 차 올 시간이네.

"퍼피! 친구들과 사이좋게 놀았니?"
"멍 멍 멍! 잘 놀랐어요."
어디 보자 알림장에 뭐라 쓰였는지 한번 볼까?
퍼피, 너 오늘 유치원에서 친구랑 싸웠다고 쓰였는데, 그래서 내일은 주인과 같이 오라는데.

"안녕하세요 선생님! 우리 퍼피가 친구와 싸웠나요?"
"네, 퍼피 주인님. 빌리, 하고 싸웠는데 다행히 물지는 않았어요."
"퍼피, 왜 그런 거니? 대답 한번 해볼래."
"내가 간식을 먹고 있는데, 빌리가 와서 먹으려고 하잖아요."

"아, 그랬구나!"
"그럴 수 있겠다. 동태포는 퍼피가 가장 좋아 하는 간식이니까!"

"원장님! 다음부터는 친구들 것도 넉넉히 싸주라 말해 놓겠습니다."

"아이고! 퍼피 주인님, 그렇게까지 감사합니다."

"그럼 저는 이만 가보겠습니다. 퍼피, 놀다가 유치원 차 타고 오너라, 멍! 멍! 멍!"

"왜? 따라온다고. 놀다가 이따 와."

"퍼피, 네 주인 가셨으니까, 너 이제 개털이야."

"마저, 마저."

빌리가 말했습니다.

옆에 있던 친구들도 빌리의 말을 거들었습니다.

"재들은 나만 뭐래."

"네가 잘난 척하니까 그렇지."

"그래봐야 강아지인데 잘났으면 얼마나 잘났다고 그러니!"

"내가 그런 것 아니야."

"그럼 누가 그렇게 만들었단 말이니?"

"우리 주인이 나를 그렇게 만들었어."

주인집 아이들은 말을 안 듣는대. 그러면서 나에게 집착을 하시는 거야. 내가 오히려 아이들보다, 말을 잘 듣는다나! 뭐래나!

"우리도 그런데!

"빌리 너네도?"

"응."

주인이 잘해주면 우리야 좋지!

"퍼피, 내일 보자, 잘 가!"

나비보러 갔어요

솔이와 민지는 나비축제에 갔어요

솔이와, 민지는, 엄마 아빠와 함께 '함평 나비축제'에 갔습니다.
"아빠! 언제 도착해요?"
"다 와 가는데 이 많은 차들이 모두 나비축제 왔는가 보다"
"다 왔으니까 천천히 갑시다."
엄마는 급한 아빠의 성격을 아시고 천천히 가자고 하십니다.
"빨리 갈 수도 없어요."
"우와! 많은 사람이 왔어요, 어린이들도 오고, 할아버지 할머니도 오셨어요."
"오늘이 어린이날이고, 며칠 지나면 어버이날이니까 함께 놀러 오신 것이다."

"엄마, 우리도 할머니 모시고 올 걸 그랬어요."
"글쎄 그 생각을 못 했네, 어버이날 찾아뵙자꾸나."
"자 여기서 내려 입구에서 표 끊고 있어, 아빠는 주차하고 올게."
솔이와 민지는 차에서 내리는 것이 좋아 큰소리로 대답했습니다.

"정말 사람이 많아요."
"너희들 서로 엇갈리니까 어디 멀리 가지 마라."
네! 솔이가 대답했습니다.
"아빠는 왜 빨리 안 오시지."
"우리가 차에서 내린지가 얼마나 되었다고 그러니?"

"엄마가 표 사올테니, 둘은 꼼짝 말고 여기 있어라."

솔이와 민지는 휴대폰 게임을 하고 있는데 아빠가 오셨습니다.

"엄마는?"

"표 사러 가셨어요, 저기 엄마 오신다."

"자 들어가자."

"저기 보세요. 예쁜 꽃들이 정말 많아요."

"꽃과 나비는 공생관계라고 할 수 있지.

꽃은 꿀을 내주고, 나비는 꽃가루를 옮겨 수정을 시켜주는 아주 친한 사이라 할 수 있단다."

"나도 식물도감에서 봤어요."

"그래, 제법인데."

"날씨도 좋고, 꽃들도 많고, 나비도 있고, 오기 참 잘한 것 같아요."

엄마는 환한 얼굴로 주위를 둘러보며 말씀하셨습니다.

"사람이 너무 많으니까 미아발생 하겠는걸."

"아까 방송에서 어린이 찾는 방송이 나왔었어요."

"그래! 안됐다."

"솔이 어렸을 때 잠깐 잃어버린 적이 있었어."

"어떻게 하다가요?"

"민지 누나 1학년 때 소풍 따라갔다가, 솔이는 5살이라도 키가 컸어. 엄마 손을 잡고 있다가, 코끼리 열차표를 사느라 손을 잠깐 놓고, 지갑을 열어서 돈을 꺼내고 보니까, 네가 안 보이는 거야."

"어디로 간 건데요?"

"그러니까, 그때 1학년 학생들이 코끼리열차 타고 있었거든, 따라 간 거야. 코끼리 열차 타는 곳에 있어야 할 아이가 대공원 안에 있었거든. 대공원 안에까지 들어가 봤으니 찾았지, 안 그러면 큰일 날뻔했어."

"공원 안에 있는 것을 어떻게 알고 찾았어요?"

"하도 급하니까, 아빠 회사로 전화해서 같이 찾아다녔지.

표 사는 데는 다 찾아보고, 기도하면서 공원 안에서 찾아 돌아다녔는데, 봄 소풍 온 학생들이, 유치원생부터 고등학생까지, 대공원은 사람으로 가득했어.

그래서 더욱 겁이 났던 것이지, 찾지 못할까봐.

그때, 하나님은 우리 편이라는 것을 확실하게,

또 한 번 알게 되었어.
변수가 아주 많았거든. 만약에 아이가 지쳐서 어느 의자에서 잠이 들었다면 찾기가 더욱 어려웠을 것이고, 그 넓은 곳에서 계속 걸어 다녔다면 어디 가서 찾겠니.
아빠는 공원 방송실에 방송을 내보냈지만, 지금 미아 찾는 방송처럼 아무도 몰라."

"그런데 어디서 찾았어요?"
"그게 신기해, 그건 말이야, 하나님이 그 아이를 멀리 못 가도록 한곳에 두신거야, 코끼리 우리 근처에서 서성이고 있었어. 그것은 하나님의 기적이었어."
"다행이에요, 엄마."
"그럼! 그럼! 천만다행이지."

"그때 아빠가 업어주고 아이스크림 사주셨어. 엄마는 절대로 안 사주시던 수소 풍선 사주셨어요. 원래 사달라 해도 안 사줬었는데요."

"그랬니! 이야기 그만하자 다시 눈물 난다. 너희들 배고프지 않니?"

"배고파요."

"우리 도시락 먹자, 자리 좀 찾아봐라."

"저기 의자가 있어요."

"그리로 가서 쉬기도 하고, 자 여기 김밥과, 사과도 먹고"

"야! 맛있겠다, 잘 먹겠습니다. 냠냠 쩝쩝! 흠, 맛있다. 밖에 나와서 먹으니까 더욱 맛있는 것 같아요."

"많이 먹어라. 무거우니까 짐 좀 가볍게 하자."

"누나 저기 봐, 강아지도 왔어, 애플 푸들이네,

우리 강아지와 똑같지?"
"아냐. 털색이 우리 강아지 털 색깔 보다 더 짙어, 토이푸들인가? 초코 푸들인가? 내가 가서 물어보고 올게."
"초코 푸들이래, 재도 예쁘다."
"다들 먹었으면 이동하자."

우리는 김밥과 간식을 먹은 후에 나비축제 행사장으로 걸었습니다.
"저기 보세요, 음식들을 많이 팔아요."
"그래 민지야 맛있어 보이는데, 이따가 오면서 사 먹자."
"나비축제 왔는데, 나비는 안 보이고, 사람들만 가득하네요."
"원래 사람 구경하는 재미지."

"나는 사람 많은 것 싫은데."
"그런 말 하는 것 아니야, 민지도 그 사람들 중에 끼여 있잖니!"
"우리나라는 서울 경기권에 인구 3분의 2가 집중돼 있다고 했어요. 그래서 복잡하데요."
"우리 민지도 많이 컸구나, 그런 것도 알고, 그래서 공부가 중요하단다. 꼭 좋은 대학을 안 가도 살아가는 데에 있어서 꼭 필요한 것이 지식이거든."

"나비 축제에 왔으니까, 누가 나비에 대해서 말해 볼 사람."
"제가 말해 볼래요."
"그래 민지야 아는 데까지만 말해봐라, 말도 자꾸 해봐야 잘하게 된단다."

"나비는요, 손으로 만지면 안 돼요. 나비 날개 가루가 사람의 눈에 들어가면 안 좋다 했어요."
"어떻게 안 좋은데?"
"그건 책을 찾아보고 그때 다시 말해 드릴게요."
"그래라, 그 자세 참 바람직하다."

"오늘은 놀러 왔으니까, 놀라고 두세요."
"괜찮아요 엄마. 아빠와 오랜만에 대화하니까 재미있어요."
"나비가 있는 곳에 다 온 것 같은데?"
"누나 저기 봐! 저 줄이 입구 인가봐"
"엄마 아빠 우리 빨리 가서 줄 서요."

"너희들은 엄마랑 줄 서있어. 아빠는 나비 날리는 행사 어디서 하는지 알아보고 올게."

"밖에도 나비가 저렇게 많이 꽃밭에서 날아다니는데, 저 안에는 얼마나 많을까요?"
솔이는 의아한 표정을 지으며 말을 했습니다.
"글쎄다, 나비가 안에 있다는 것이 신기하기도 하지만, 나비한테 미안하기도 하고 왠지 좀 그렇구나."
"엄마 여기는 나비도 좋지만, 꽃이 많아서 정말 좋아요."
"이 지구상에 여자가 있는 한, 꽃과 보석은 사라지지 않을 걸
우리 민지도 이제 숙녀가 다 된 것 같아."
"엄마 이제 5학년인데요."

"아직도 우리 차례 안 온 거냐?"

아빠가 빠른 걸음으로 오며 말씀하셨습니다.

"다 돼가요."

"언제 나비 날린대요?"

궁금했던 우리는 일제히 아빠를 보며 물었습니다.

"2시쯤이니까 아직 시간 많아, 들어가자."

"우와! 민물고기 전시장이야. 내가 좋아하는 민물고기가 다 있네."

솔이는 반가움에 볼이 발그레 해졌습니다.

"근데, 나비축제에 웬 물고기가 있어요?"

"글쎄다. 다양한 볼거리 제공이 아닐까!"

"저 물고기 보세요, 돌고기라는 민물고기인데요, 돼지처럼 잘 먹는다고 해서 돈고기 하다가, 돌고기라 부르게 되었대요."

"우와! 솔이 참 잘 아네."

"쭈욱 가면서 솔이가 설명 좀 해줘라."

"네! 이것은 피라미인데요, 피라미는 강 어디나 흔히 볼 수 있는 민물고기입니다. 그래서 사람들은 물고기가 잡히면 피라미 잡았냐고 물었는데 그만큼 흔한 민물고기랍니다. 각시붕어도 있네요. 나는 각시붕어가 좋아요."

"자세히 보니까 이쁘네."

"어서 이동하면서 다른 물고기들도 보자. 다른 물고기들이 기다리겠다."

"여기 도둑게도 있어요."

'스마일게' 라고도 불러요.

"왜 하필 도둑게야?"

"그러게 말이다. 좋은 이름 다 두고 도둑게라니."

"그것은요."

솔이는 신이 나서 말을 계속했습니다.

"도둑게는 바닷물이 민물과 만나는 연안에서, 도랑을 타고 올라가다가 주변에 사는 집으로까지 들어가서, 부엌 붓도방에 둔 음식들을 먹는다 해서 도둑게라 이름이 붙혀졌대요."

"신기하고 재밌는데, 알면 알수록 더 재밌어

요."

"저는 나중에 물고기 박사가 되고 싶어요."

"히야! 우리 집에 박사 한사람 나오겠는걸, 그래 열심히 해봐라."

"우리 이동합시다, 이러다가 나비 행사장에는 끝날 시간 될 것 같아요."

아빠는 빨리 가자고 걸음을 재촉하셨습니다.

"그래그래, 어서 가자, 나오면서 또 보도록 하자."

우리 가족은 나비가 있는 곳까지, 빠른 걸음으로 이동했어요. 밖에서도 나비가 계속 꽃 주변을 날아다니고 있었지만 나비를 특별히 전시하는 건물로 이동했습니다.

"우와! 나비가 엄청 많아요. 건물 안에도 있고,

그물 속에 가두어둔 나비들이 더 많아요. 그런데 그물에 갇힌 나비가 불쌍해요."

"그렇구나! 계속 불안정하게 날아다니는 것이 힘들어 보이기까지 한다. 불쌍하지만 또 많은 사람들이 공부하잖니! 여러 종류의 나비들이 많은 사람을 공부시켜 주고 있다고 생각하렴, 저기 봐라! 유치원생도 오고, 그보다 더 어린 아이들도 보고 좋아하네."

"어린이들이 많이 왔네요."

어린아이들이 동물과, 곤충들을 좋아하는데, 그것은 아마도 동심이라 그런 게 아닐까?

"엄마 저기 보세요, 저기도 또 강아지 데리고 왔어요. 우리도 데려올 걸 그랬어요, 우리 푸들은 집에서 혼자 집 보고 있을 텐데."

"집에 가서 산책시키면 돼."
"나비가 정말 많다.
아빠도 태어나서 이렇게 많은 나비는 처음인 것 같다."
"나비 날려주기 행사가 몇 시라 했어요?"
"아이고! 2시라 했는데 좀 지났네, 지금이라도 갑시다. 불쌍한 나비들 한 마리라도 날려줘야죠."
그런데 사육사한테 물어봤더니, 온실에서 부화한 나비라서 밖에다가 놓아주면 살지 못한데, 차라리 온실에 두는 것이 낫대.
"그래도 가봐요, 인터넷으로 미리 예약까지 하셨잖아요."
"그렇지, 서둘러 뛰자."

"아빠 저 줄이 맞는 것 같아요."

"맞네, 벌써 이름 체크하고 나누어 주고 있어."

"우리는 몇 개 신청했어요?"

"두 통"

"저기요, 나비 날리는 쿠폰 어디서 사나요?"

4살 정도 되는 어린이를 데리고 온 부부가 물었습니다.

"인터넷으로 미리 예약했어요."

"아! 그렇군요."

"얘들아, 우리가 한 통 줄까 어린아이인데."

"안돼요."

"어린이가 가져가면 죽일지도 몰라요."

"어차피 밖에 나오면 살기가 어렵다고 하는데 주자. 저기요, 이것 어린이 주세요, 우리는 나비가 두 통이나 있으니까요."

"감사합니다, 여기 돈 받으세요."

"괜찮은데요."

"받으세요, 여기요."

"엄마, 우리 돈 벌었네요."

"그래 돈 벌었다. 이제 천천히 보면서 나가자."

솔이네 가족은 많은 꽃들과, 나비와, 사람들을 구경하면서 출구 쪽으로 나가는데, 아이 찾는 방송이 계속해서 나오고 있었습니다.

물고기들이 행복했으면 좋겠어요

물고기들이 행복했으면 좋겠어요.

물속에서는 무엇이 사는지 탐어 하러 가볼까요?
벤자민는 가슴장화를 준비하세요.
수아는 휴대용 수조와 산소기를 준비하고요.
강 얕은 물에 들어가서 조사를 할 거예요.
"선생님! 어디로 갈건가요?"
우리는 물이 무릎 아래쯤 깊이의 얕은 중랑천 상류로 갈 거예요.
물이 깨끗하지가 않으면 아가미로 숨 쉬는 물고기들이 숨쉬기가 어려워요, 그것을 확인하러 상류로 갑니다.
"왜, 그럴까 생각해 보세요?"
그것은 물속에 더러운 것들이 숨을 쉴 때에 아가미 '걸림 털'에' '턱'하니 걸려서 숨을 쉬지 못하게 한답니다.
물속에는 보이지 않지만 많은 생물들이 살고 있어요.
물고기들이 먹고사는 미생물도 살고요.

"물속에는 어떤 물고기가 살고 있을까요? 어디 대답해 볼 사람."
"저요!"
"벤자민이 손을 번쩍 들었어요. 참붕어, 송사리, 갈겨니, 각시붕어, 피라미, 돌고기"
"음, 또 뭐 있을까요? 더 아는 사람 생각나는 데로 대답해 보세요."
수아가 대답했어요.
"다슬기, 재첩, 말조개, 칼조개들이 민물에서 살아요."

"오, 대단한데! 공부 좀 했는데요."

"네, 오기 전에 공부하고 왔어요."

"참 잘했어요."

학생들은 선생님을 따라서 중랑천에 도착했습니다.

자, 여러분! 물에 들어가기 전에 항상 족대(반두)로 '물 깊이'를 알아보고 들어가야 해요.

물은 보기에는 얕아 보여도 실제로는 깊답니다.

물이 무릎까지 차는 곳에까지만 들어갑니다.

모두 준비한 가슴장화를 입으세요, 그래야만 물에 젖지도 않고, 해충으로부터 몸을 보호를 할 수 있답니다.

"다 입었어요."

"다른 학생들도 다 입었나요? 따라오세요, 물이 얕은 곳으로 갑니다."

이곳은 물이 깊지 않지만 그래도 넘어지지 않도록, 들어가서 족대로 채집해 휴대용 수조에 넣습니다.
이렇게 한참을 벤자민과 수아와 여러 학생들은 물속에서 그물로 만든 족대를 이리저리 이쪽저쪽으로 헤집어 보았습니다.
"잡았다!"
"관찰하고 다시 돌려보낼 거예요. 다치지 않게 뜰채로 옮기세요."
"선생님! 뜰채로 하지 않고 손으로 하면 안 되나요?"

“안됩니다, 물고기나, 잠자리 수체 등 물속에 사는 동물들은 체온이 낮아서 36도의 사람의 손 온도에 ‘화상’을 입는답니다. 그러면 지금은 살아있는 것 같지만 아프답니다.”

“손으로 잡지 않고 뜰채로 하겠습니다.”

“저도 잡았어요, 뭔가 움직여요.”

“작은 물고기 통에 담았다가 함께 모여 공부하고 돌려보낼 거예요.”

“선생님, 저는 안 잡혀요.”

“물속에 생물들도 살려고 도망을 가니까 안 잡히는 거랍니다. 물고기도 똑똑하답니다.”

“여기요! 물고기가 엄청 많아요.”

“아! 저것은 ‘피쉬볼’이라고 합니다. 물고기들이 한 군데로 뭉쳐 다니면서 적들에게 크게 보이는 방어 동작이지요."

"물고기들이 똑똑한 것 같아요."

"그렇습니다. 천적인지 아닌지를 구분하려는 것이지요.

"그럼 사람은 '물고기의 천적'일까요? 아닐까요? 물고기를 잡는 곳에서는 천적이 되고, 잡지 않고 보호하는 곳이면 천적이 아닌 것입니다."

"히야! 물고기들 신기하네요."

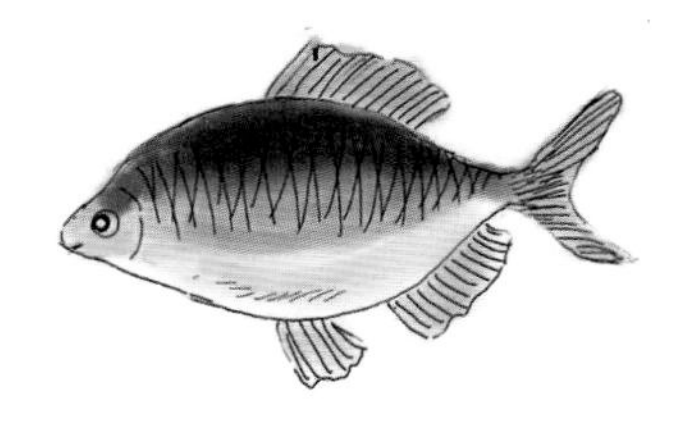

"여기! 족대에 물고기가 채집되었어요."
"어디 가보자."
"각시붕어입니다"
이 녀석은 몸이 동그래요. 각시붕어는 민물조개에 알을 낳으니까, 민물조개도 살고 있을 겁니다. '공생관계'라고 한답니다. 조개는 입을 딱 다물고 있는데, 어떻게 그 속에다가 알을 낳을 수 있나요? 조개도 입을 벌려, 발을 뻗어서 먹이 활동을 합니다.
그때에 산란관을 조개의 '출수공'에다가 넣어 얼른 알을 낳는 답니다. 거기서 있다가 아기 물고기들이 알을 깨고 밖으로 나갈 때에, 조개의 유생들을 묻혀, 종족을 널리 퍼트려 주는, 공생관계(함께 살아가는)라고 합니다.
"우와! 엄청 신기하고 재미있어요."

"그렇죠!"

그런데 강에 물이 오염이 되어 민물조개가 없어지면 각시붕어는 알 낳을 곳이 없어진답니다.

점! 점! 점! 숫자가 적어지다가 마침내는 강에서 사라지는 것이지요.

"없어진다고요? 그럼 우리가 볼 수가 없다는 것이네요."

"그렇답니다."

"아까 채집한 개체는 무엇입니까? 아는 사람?"

"이상하게 생겼는데 모르겠어요."

"이거 책에서 본 것 같아요, 잠자리 수체 같습니다."

"맞았습니다. 박수!"

"왕잠자리 수체입니다."

아기 때는 물속에서 작은 동물들을 먹고살다가 '우화'(허물 벗기)한답니다.
우리는 공부하고 원래대로 되돌려 보내주어야 합니다.
왜냐하면 우리가 여러 생물이 사는 곳에 침입한, 침입자이기 때문입니다.

"선생님, 저는 물에 떠다니는 소금쟁이를 채집했어요."
"그래요! 이쪽으로 모여 보세요."
'소금쟁이'는 물 위에서 떠다니는데 우리가 쓰는 주방 세제나, 샴푸가 한 방울이라도 물에 들어가면 물속으로 빠져 버린답니다.'
"빠지면 죽나요?"
"네, 살지를 못하지요. 물 위에 떠다니는 동물

은 물속에 빠지면 살 수가 없답니다."
"책으로만 보다가 직접 생물체를 보니까 공부가 재미있어요."
"자! 모두 강에 돌려보내세요."
수아와 친구들은 잡았던 물고기들을 모두 강으로 돌려보냈습니다.

"여러분 물고기들과 즐거운 시간이었지요?"
사람들도 물고기와 자연과 공생해야 합니다.
"자연은 사람이 없어도 되지만, 사람은 자연이 없으면 안 됩니다."
사람이 살 수가 없으니까요.

반딧불이 반짝반짝

반딧불 찾아서 무주 뒷섬마을에 갔어요.

"엄마 저기 보세요, 작은 불빛이 반짝여요."

"그래, 엄마 어릴 때 시골에서 개똥벌레라 하고, 도깨비불이라고 무서워 했었단다."

"아빠도 그랬어요?"

"암, 그랬지, 마을에서 놀다가 캄캄한 밤에 집에 갈 때면, 꼭 도깨비불 같아서 무서워서 '덜, 덜, 덜' 떨었었지."

"아! 그런데 어떻게 곤충 몸에서 불이 나올까요?"

"그러게, 빈이가 커서 학자가 되어 연구해보렴."

"그럴까요?"

"그럼 좋지"

"아빠! 저기 보세요, 여기저기서 반짝여요, 잡아 볼까요?"
"잡을 수 있으면 잡아보렴."
"딱 한 마리만 잡아서 자세히 보고 싶어요."
"빈아, 꼭 잡아서 보지 않아도 곤충도감에서 찾아보면 된단다.
잡으면 사람 손과, 곤충의 온도 차이 때문에 곤충이 데여 화상을 입는단다."
"어! 엄마 어떻게 아셨어요."
"아까 해설해 주신 분이 말했는데, 빈이는 딴 짓 했구나!"
"저쪽에 대학생쯤 되는 오빠들은 잡는데요."
"잡지 말고 눈으로만 보는 거야."
"알았어요."
"우리 오랫동안 반딧불 보고 가요."

"시간이 정해져 있을 걸, 지금 많이 봐두면 되지."
"저기 봐요! 정말 많아요, 반딧불이 어디서 왔을까요?"
"반딧불을 이곳에다 키우는 거야.
반딧불 애벌레들 먹이로 다슬기, 우렁이가 살 수 있는, 물이 흐르는 금강 줄기에다가, 풀도 많이 키워 반딧불이 잘 살 수 있도록 환경을 만들어주는 거지.
반딧불은 오염이 안 되는 곳에서 살고, 조용하고 어두운 곳을 좋아하거든, 지금 캄캄하게 해주는 것도 이런 이유로 해주는 거야."
"아, 그래서 이렇게 깜깜한 거예요?"
"그렇단다, 자동차도 안 다니잖니."

"반딧불이 다 크면 무엇을 먹고 살아요?"
"이슬을 먹는다는구나!"
"아빠가 마시는 거요?"
"하하하! 빈아, 내가 가끔 마시는 것은 참이슬이고, 반딧불은 이른 아침 풀잎에 맺힌 물방울을 먹는데, 그 물방울을 이슬이라고 하지."
"하늘 좀 보세요.
하늘에도 반딧불처럼 별이 정말 많이 반짝여요."
"어! 그렇네."
"우리 잘 왔다, 그치 엄마. 주위가 캄캄하니까 별도 더욱 빛나게 보여요."

"아빠 어릴 때 마당에다가 멍석을 깔아놓고, 옆에는 모깃불 피워두고 하늘의 별을 보고 했는데, 지금은 전깃불이 밝아서 별이 안 보여."

"엄마 때도 그랬어요?"

"그럼, 외할아버지와 외할머니 외삼촌들과 마당에서 옥수수 먹으면서 이야기 했었지."

"지금 외삼촌은 어디 계세요? 나는 외삼촌을 본 적이 없어요."

"외삼촌은 외국에 가셨단다."

"아, 그래서 기억이 없구나!"

"우리 어디까지 걸어가야 해요?"

"여기 있는 사람들과 같이 가보자, 가다 보면 셔틀버스가 있다고 했어."

"반딧불 사진 찍어요, 아마 캄캄해서 사진이 안 나올 거다."

"저기 보세요.

이렇게 많은 사람들이 인터넷으로 다 신청했어요. 어디서 정보를 안 걸까요?"

"벌써 오래 되었다는데 우리가 이제야 온 거지."

"어린 아기들도 왔어요."

"그래 아기들도 반딧불 보면 좋지, 자연은 누구에게나 좋은 거니까."

"아빠! 어딨어요?"

"나 여기 있는데, 왜?"

"안 보이니까 그렇죠."

"맞어, 캄캄해서 조금만 멀리 있어도 하나도 안 보인다.
그러니까 빈이도 엄마 아빠 손 꼭 잡고 다녀."

"반딧불이 모두 몇 마리나 될까요?"

"글쎄다. 아마도 셀 수가 없을 것 같다."
"아빠는 몇 마리나 될 것 같아요."
"음! 어림잡아서 백만 마리?"
"우와! 백만 마리가 얼마나 많은 숫자인지 모르겠어요."
"하하, 그럴 거다."
"저기 보세요, 반딧불 잡은 사람도 있어요, 아빠! 나도 반딧불 한 마리만 잡아주세요, 보고 돌려보내 주게요."
"네가 잡아, 어른들이 모두 잡으면 반딧불이 남아나겠니."
"휙! 휙! 삭! 삭삭~ 어려워요."
"빈이 아빠! 사람들이 가고 있는데, 우리도 가야 하는 것 아니예요?"
"알았어요, 우리도 보면서 갑시다."

"우리 차는 어딨어요?"
"아까 임시 주차장에 있잖아."
"반딧불 너무너무 신기해요, 내년에 또 와요."
"저기 포도를 파네, 우리 사갈까요?"
"먹어보자, 맛있어요."
"정말 달다, 두 상자 주세요."
우리는 무주에서 포도 두 상자를 사서 차에 싣고
집으로 가고 있어요.
밤이라 차도 막히지 않고 길이 잘 뚫렸습니다.

한참을 달려서 드디어 집에 도착했어요.
집에 있던 강아지가 반갑다고 폴짝폴짝 난리가
났어요.
그런데 안방 바닥에 쉬해놓고.
보일러실에는 응가 해놓고.

"으악! 푸들 너 혼 좀 나볼래! 나이가 몇 살인데 방에다가 쉬를 싸."

"낑!~나만 혼자 두고, 주인님은 놀러 가고, 나도 데리고 가지."

"알았어, 강아지야, 네 눈을 보니까 더 이상 혼낼 수가 없다.

다음부터는 보일러실에다가 쉬나, 응가 싸야 돼."

"어이 푸들! 자연 발코니에 고양이한테 가보자. 밥이 있는지, 물이 있는지, 흙에 싼 고양이 응가도 치워주고."

"고양아! 잘 있었구나."

"부비부비 야옹!"

"그래그래 반갑다."

"강아지야! 고양이 하고 좀 놀아줘라."

"으르렁 왕! 으르렁 왕!"

"야! 푸들, 고양이 심심하대, 좀 놀아주면 안 되겠니!"

"멍멍멍! 싫어요.

고양이가 자꾸만 귀찮게 해요."

"고양이가 심심해서 그래.

강아지 너는 누나가 놀아주고 간식도 주는데,

고양이는 밖에 발코니에서 혼자 놀잖니.

푸들 네가 놀아주지 않으면, 내가 놀아 줄 거다."

"고양아, 이리 와, 우쭈쭈! 우쭈쭈쭈!"

강아지가 샘이 나서 발로 주인을 톡톡 건드립니다.

"것 봐 푸들, 네가 놀아주면 되는 건데 안 놀아주니까, 샘나지!"

엄마!

"아까 찍은 반딧불 사진 잘 나왔나 보여주세요."

"저기 텔레비전 테이블 위에 있어 확인해봐라."

"엄마와 같이 봐요."

"나는 지금 밀린 집안일 해야 되요.

아빠더러 보여 달라고 해라."

"아빠! 카메라로 찍은 반딧불 사진 같이 봐요."

"난 형광등 갈아야 해요."

"푸들! 그럼 네가 사진 같이 볼래."

"난 따라 가지도 않았는데."

"치! 싫음 말고."

카메라를 켜고 이리 뒤적, 저리 뒤적, 어! 나온다.

에이, 어두워서 사진이 하나도 안보이네.

내 사진도 안 보이고, 반딧불이는 더 작아서 안 보이고 하지만 마음속에서 빤짝이던 반딧불이, 머릿속에서도 반짝반짝,
또한, 빈이의 일기장에서도 반짝거리며 언제나 우리와 함께 있을 것입니다.
밤하늘의 별도, 반딧불이도 늘 볼 수 있었으면 좋겠습니다.